AF509335

VENTE

Du Lundi 10 Novembre 1913

HOTEL DROUOT, SALLE N° 6

A TROIS HEURES

OBJETS D'ART

ET

D'AMEUBLEMENT

PRINCIPALEMENT

DU XVIIIᵉ SIÈCLE

COMMISSAIRE-PRISEUR

Mᵉ J. ENGELMANN

EXPERT

M. ALBERT JEHN

CATALOGUE

DES

OBJETS D'ART

ET

D'AMEUBLEMENT

DES ÉPOQUES

Renaissance, Louis XIV, Louis XV, Louis XVI et Empire

TABLEAUX

MARBRES — TERRES CUITES

BRONZES, PENDULES

Flambeaux, Surtout de Table

Meubles en Marqueterie et autres, Sièges divers

AVEC ESTAMPILLES

LIT, ETC.

Appartenant à Monsieur G...

ET DONT LA VENTE AUX ENCHÈRES PUBLIQUES AURA LIEU

HOTEL DROUOT, SALLE N° 6

LE LUNDI 10 NOVEMBRE 1913

à trois heures

COMMISSAIRE-PRISEUR	EXPERT POUR LES TABLEAUX
Me J. ENGELMANN	**M. Albert JEHN**
3, rue des Mathurins	EXPERT PRÈS LE TRIBUNAL CIVIL
PARIS	11 *bis*, rue de Surène

EXPOSITIONS PUBLIQUES

Le Dimanche 9 Novembre 1913, de 2 heures à 6 heures
Et le Lundi 10 Novembre 1913 (jour de la vente), de 2 h. à 3 heures

CONDITIONS DE LA VENTE

Elle sera faite au comptant.

Les adjudicataires paieront *dix pour cent* en sus des enchères.

L'exposition mettant le public à même de se rendre compte de l'état et de la nature des objets mis en vente, aucune réclamation ne sera admise une fois l'adjudication prononcée.

L'ordre du Catalogue sera suivi.

Paris. — Imp. de l'Art. Ch. Berger, 41, rue de la Victoire.

DÉSIGNATION

TABLEAUX

COYPEL (École des)

1 — *Scène pastorale.*

Une bergère montre à un berger une couronne de fleurs symboliques, un satyre les épie. Fond de paysage montagneux.

1 m. 24 cent. sur 1 m. 46 cent.

DIRCK HALS (Attribué à)

2 — *Scène galante dans un intérieur.*

Peinture sur bois.

32 cent. sur 27 cent.

J. LANTARA ET J. VERNET

3 — *Paysage.*

A gauche, une cascade sur des rochers ; à droite, un grand arbre se détachant sur un ciel crépusculaire. Au premier plan, plusieurs personnages.

1 mètre sur 1 m. 27 cent.

J. PILLEMENT

4 — *Paysages avec ruines.*

Deux paysages faisant pendant. Au premier plan, bergers et troupeaux.

(Période italienne. Œuvres de jeunesse.)

89 cent. sur 1 m. 28 cent.

ÉCOLE FRANÇAISE (xviiie siècle)

5 — *L'Enfant au chat.*

Un jeune garçon, aux longs cheveux blonds, vêtu d'une robe bleue laissant voir un jabot de batiste, tire de la main gauche l'oreille d'un chat. De la main droite, il le désigne et il sourit d'un sourire espiègle. A droite, rideau de taffetas jaune ; à gauche, au delà d'une balustrade en pierre, fond de paysage.

Cadre rocaille bois sculpté et doré.

92 cent. sur 72 cent.

6 — *Enfant jouant avec une chèvre*

Peinture décorative simulant un bas-relief en marbre. Probablement d'après une sculpture de la fontaine de Grenelle, par Bouchardon.

1 m. 39 cent. sur 82 cent.

HÉLIO LÉON MARCOTTE

OBJETS DIVERS

7 — Deux vases, de forme lancelle, en porcelaine de Chine, à décor de paysage en bleu sur fond blanc.

Haut., 43 cent. et 44 cent.

8 — Heurtoir en fer forgé : Guivre tenant dans sa gueule une boule en bronze. Renaissance.

9 — Socle en marqueterie d'écaille, de cuivre et d'étain, de forme carrée, à côtés légèrement cintrés ; ornements en bronze : pieds-griffes, masques de lions, rinceaux et fleurons feuillagés. Louis XIV.

Haut., 10 cent. ; larg., 24 cent.

10 — Deux moules en corne, à sujets chinois.

11 — Statuette de saint André, tenant un livre ouvert de la main gauche et de la droite s'appuyant à sa croix. Pierre. Traces de polychromie. École de Bourgogne.

Haut., 79 cent.

12 — Statuette de saint Jean-Baptiste. Il est vêtu d'une dépouille de bête, probablement un chameau, dont on voit la tête entre ses pieds. Il tient l'agneau de la main gauche. Pierre. École de Bourgogne.

Haut., 66 cent.

13 — Statuette de Flore, coiffée d'une couronne et
tenant une corne pleine de fleurs, accostée d'un
amour. Albâtre. Renaissance.

Haut., 49 cent.

14 — Petit buste de femme en terre cuite, les cheveux entourés d'une écharpe. Une natte retombe
à gauche et une mèche de cheveux à droite.
Louis XVI.

Haut., 28 cent.

15 — Coupe carrée en marbre jaune de Sienne. Aux
angles sont sculptés des cygnes au col replié :
moulures, canaux, oves et entrelacs. Directoire.

Haut., sans le socle, 38 cent.

16 — Paire de socles en marbres rouge et blanc,
sur contre-socles de marbre jaune, forme arron-
die à ressauts sur lesquels se détachent des
chutes de fleurs en bronze ciselé et doré.
Louis XV.

Haut., 15 cent ; larg., 15 cent.

17 — Paire de socles cylindriques en porphyre
rouge, bases en bronze ciselé et doré, à tores de
feuillage de chêne. Louis XVI.

Haut., 12 cent.; diam., 95 millim.

18 — Paire de vases pots-pourris en marbre vert de
mer ; monture en bronze ciselé et doré ; anses
et galerie à entrelacs ajourés. Base à pans
coupés. Louis XVI.

Haut., 245 millim.

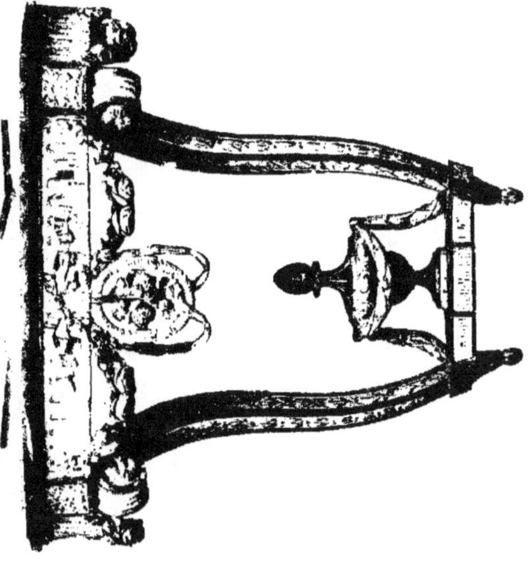

BRONZES

19 — Lampe juive pour la fête des lampes. Les huit godets fixés à une plaque en bronze repercé à arabesques. Renaissance.

20 — Mortier en bronze. Anse formée d'un dauphin, bande ornée d'un bas-relief d'enfants tenant des guirlandes, écusson chargé d'un dauphin.

Haut., 11 cent.

21 — Vase ou aquamanille, formé d'un brodequin, orné d'arabesques en bas-relief. Bronze ciselé et doré. Renaissance.

Haut., 16 cent.; long., 245 millim.

22 — Monture de vase en bronze ciselé et doré, forme trépied, ornements de fleurons; feuilles d'acanthe et têtes d'animaux chim'riques. Louis XIV.

Haut.. 27 cent.

23 — Paire de terrasses, de forme carrée, en bronze ciselé et doré, à motifs de rocailles. Louis XV.

Intérieur. 9 cent.; extérieur, 18 cent.

24 — Statuette de déesse ou de muse drapée. Bronze patiné. Louis XIV.

Haut., 24 cent.

25 — Groupe en bronze patiné : Vénus désarmant l'Amour. La déesse, assise sur un char voguant sur des nuages, enlève l'arc à son fils qu'elle soutient de la main droite. Près d'elle, deux colombes. Louis XIV.

Haut.. 47 cent.; larg., 24 cent.

26 — Paire de statuettes en bronze patiné : Danseur
et Danseuse. L'homme fait claquer des casta-
gnettes. La femme agite un tambourin. Louis XIV.

Haut., 36 cent. et 37 cent.

27 — Presse-papier. formé d'un crapaud en bronze
ciselé et patiné, sur une terrasse en bronze
ciselé et doré. Socle en marbre gris turquin.
Louis XVI.

28 — Paire de flambeaux, dans le style de Bérain,
en bronze ciselé et doré, décor de godrons,
lambrequins, oves, médaillons, etc. Louis XIV.

Haut., 25 cent.

29 — Bougeoir en bronze argenté, l'anse formée
d'un dauphin, décor rocaille. Louis XV.

30 — Paire de flambeaux bas en bronze ciselé et
doré ; la tige centrale entourée des queues enla-
cées de trois dauphins ; deux bras porte-lumières
ornés d'acanthes et de graines. Louis XVI.

Haut., 19 cent.

31 — Paire de flambeaux en bronze finement ciselé
et doré. Base circulaire ornée de perles, tores
de lauriers, canaux et retombées de fleurs ;
tige cannelée ornée de mufles de lions, guirlandes de lauriers, perles et écoinçons d'acanthe
et de lauriers. Le binet formé d'un vase orné de
chutes de fleurs. Style de Delafosse. Louis XVI.

Haut., 30 cent.

32 — Deux flambeaux bas, formés d'une colonnette
cannelée; base circulaire ornée d'acanthes.
Bronze ciselé et doré. Louis XVI.

Haut., 15 cent.

33 — Surtout en trois pièces, deux arrondies et une
carrée, en glace. Bordure en bronze ciselé et
doré, à galerie ajourée décorée d'entrelacs ciselés. Louis XVI.

Long. totale, 1 m. 32 cent.; larg., 58 cent.

34 — Cadre à miniature rond en bronze ciselé et
doré, orné de bandes concentriques de feuilles
de pampres, de marguerites, de feuilles de
chêne, fleurs de muguet, etc., surmonté d'une
couronne de feuilles de chêne entourant une
flamme. Empire.

Diam. intérieur, 9 cent.

35 — Garniture de cinq pièces : un vase central avec
couvercle; une paire de cassolettes; une paire
de flambeaux en albâtre oriental, monture en
argent ciselé, à motifs de feuilles, godrons,
bandes ornées, etc. (Plusieurs pièces, notam-
ment le culot de feuilles du vase, portent le
poinçon : *A. B.*, *1779*.) Louis XVI.

Haut. du vase central, 24 cent.

(*Vente Kotchoubey, 3 mars 1907, n° 195.*)

36 — Paire de vases couverts en cristal bleu taillé,
montures en bronze finement ciselé et doré;
piédouche à entrelacs et tores de lauriers,

culots de feuilles d'acanthe, anses à tête de
béliers, col orné de feuilles d'eau et d'acanthe,
bouton formé d'une pomme de pin et de feuilles.

Haut. totale, 39 cent.

37 — Cartel en bronze ciselé et doré, décoré de
rocailles, gouttes, etc... Dans le bas, deux
amours ; en haut, une déesse, probablement
Diane, sur des nuages. Louis XV.

Haut., 55 cent.

38 — Pendule en bronze ciselé et doré, à motifs
rocailles, ornée de tiges de fleurs. Au sommet,
un oiseau de proie, sur une touffe de fleurs et de
pampres, semble guetter un oiseau pris dans un
filet qui forme le motif du bas, avec un cor de
chasse et une branche de chêne. Terrasse à
rocailles et feuilles de laurier et autres. Louis XV.

Haut., 61 cent.

39 — Pendule en bronze ciselé et doré. Une femme,
(Cléopâtre ou Hygie), accoudée au mouvement,
se regarde dans un miroir et tient un serpent.
Socle en bois noirci, orné d'un entrelac en bronze
doré. Louis XVI.

Haut., 24 cent.

40 — Pendulette en bronze ciselé et doré. Le mouvement, entouré d'un chapelet de culots de laurier, repose sur un taureau posé lui-même sur
un socle. Louis XVI.

Haut., 30 cent.

55

41 — Pendule-cage en bronze ciselé et doré. Retombées de rubans, fleurs et fruits sur la face et
sur les côtés. Moulures à rais-de-cœur et
d'acanthe. Le socle en marbre blanc, orné sur
les quatre faces d'une frise en bronze ciselé et
doré. La pendule est surmontée d'un vase en
marbre à anses et festons de lauriers, duquel
sort un bouquet de fleurs et de fruits.
Louis XVI.

Haut., 46 cent.

42 — Pendule en marbre blanc et bronze ciselé et
doré, de forme carrée, accostée de motifs
d'acanthe avec graines supportant un vase en
marbre enguirlandé de fleurs et d'où sort une
flamme. La face ornée de perles, écoinçons à
jours, fleurs et rubans en bronze doré. Socle
arrondi à frise en bronze doré à jours.
Louis XVI.

Haut., 38 cent.

43 — Pendule en bronze ciselé et doré. Le mouvement porté par une statuette d'amour age-
nouillé. Louis XVI.

Haut., 46 cent.

44 — Pendule dite « de l'Amitié » en marbre et
bronze doré : De part et d'autre du mouvement,
une jeune femme caressant un chien et un
amour. Retombées de fleurs autour de la lu-
nette. Socle orné de bas-reliefs d'enfants musi-
ciens en bronze doré, avec perles et bandes
brettées. Pieds toupie ronds. Louis XVI.

Haut., 35 cent.; larg., 35 cent.

MEUBLES

45 — Table formée d'un plateau en palissandre
supporté par quatre pieds-balustres plaqués
de même bois, reliés par un entrejambes. Sabots
et chapiteaux en bronze. Louis XIV.

68 cent. sur 50 cent.

46 — Petit meuble de forme galbée, plaqué de bois
satiné à losanges et treillis, à deux portes,
pieds cambrés. Dessus de marbre entouré d'une
bande de cuivre. Sabots et chutes en bronze.
Portant la signature : *Migeon*.

Haut., 80 cent.; larg., 82 cent.; prof., 40 cent.

47 — Petit meuble-chiffonnier, à six tiroirs, légèrement galbé, plaqué de bois de rose et de violette, pieds cambrés à sabots de bronze. Dessus
de marbre. Portant la signature : *P. Garnier*.
Louis XV.

Haut., 89 cent.; larg., 59 cent.; prof., 31 cent.

48 — Commode, à deux tiroirs, de forme galbée,
plaquée de bois de violette et de rose à losanges.
Dessus de marbre griotte d'Italie. Louis XV.

Larg., 29 cent.; prof., 65 cent.

19 — Paire de consoles, de forme contournée, à
pieds cambrés, plaquées de bois de rose. Dessus de marbre rubané. Portant la signature :
A. Jeanselme. Louis XV.

Haut., 93 cent.; larg., 1 m 39 cent.; prof., 42 cent.

50 — Petit meuble, à trois tiroirs, plaqué sur ses quatre faces de bois de rose, à encadrements de bois amarante. Pieds légèrement cambrés. Dessus de marbre. Louis XV.

Haut., 85 cent.; larg., 91 cent ; prof., 52 cent.

51 — Petit bureau à cylindre, plaqué de bois en mosaïque de cubes, encadrements de bois de rose. Pieds cambrés. L'intérieur comporte quatre petits tiroirs munis d'anneaux de tirage. Louis XV.

Haut.; 91 cent.: larg., 60 cent.; prof., 41 cent.

52 — Bureau à cylindre en marqueterie de bois de rose à losanges. Galerie de bois découpé à jours. Cinq tiroirs. Planchette mobile à secret à l'intérieur d'un des tiroirs de gauche. Louis XVI.

Haut., 1 m. 11 cent.: larg., 1 m. 22 cent.; prof., 62 cent.

53 — Bureau à cylindre, plaqué d'acajou sur toutes ses faces, orné de bronzes ciselés et dorés : asperges, entrées de serrures, anneaux de tirage. Poignées, galerie ajourée. Louis XVI.

Haut., 1 m. 35 cent.; larg., 1 m. 30 cent.; prof., 63 cent.

54 — Bureau plat, plaqué d'acajou, à trois tiroirs. Pieds-balustres. Bronzes dorés et ciselés : sabots, encadrements à perles, anneaux à tores de lauriers. Portant la signature : *Oeben*. Louis XVI.

Larg., 1 m. 49 cent.; prof., 84 cent.

55 — Petit meuble ovale, plaqué de bois d'acajou à treillis de bois clair, ouvrant à une porte à

volets articulés et un tiroir à ressort. Pieds cannelés, tablette d'entrejambes. Garniture de bronzes ciselés et dorés : encadrements, galeries à jours, sabots, asperges. Louis XVI.

Haut., 97 cent.; larg., 61 cent.; prof., 47 cent.

56 — Console, plaquée de bois d'acajou, à côtés cintrés, pieds cannelés, à un tiroir et tablette d'entrejambes. Encadrements, anneaux, bandes brettées, galeries, sabots en bronze ciselé. Dessus marbre blanc. Louis XVI.

Haut., 90 cent.; larg., 1 m. 44 cent.; prof., 43 cent.

57 — Tabouret, à quatre pieds à griffes, en noyer sculpté ; aux angles, têtes de femmes en ronde bosse. Sur deux faces, écussons aux armes des Médicis. Renaissance.

58 — Chaise longue, en deux pièces (grand fauteuil et tabouret), en bois sculpté à motifs dans le goût de Bérain ; pieds cambrés terminés par des sabots de bouc. Louis XIV.

59 — Chaise-longue à oreilles, sculptée de fleurs ; pieds cambrés. Dossier mobile. Louis XV.

60 — Chaise-longue courte, à dossier canné, en bois sculpté à motifs rocaille. Régence.

Long., 1 m. 21 cent.

61 — Grand canapé, de forme médaillon, garni de canne, sculpté de rubans enroulés et nœuds de rubans. Portant la signature : *I. Cheneaux*. Louis XVI.

Long., 1 m. 95 cent.; prof., 67 cent.

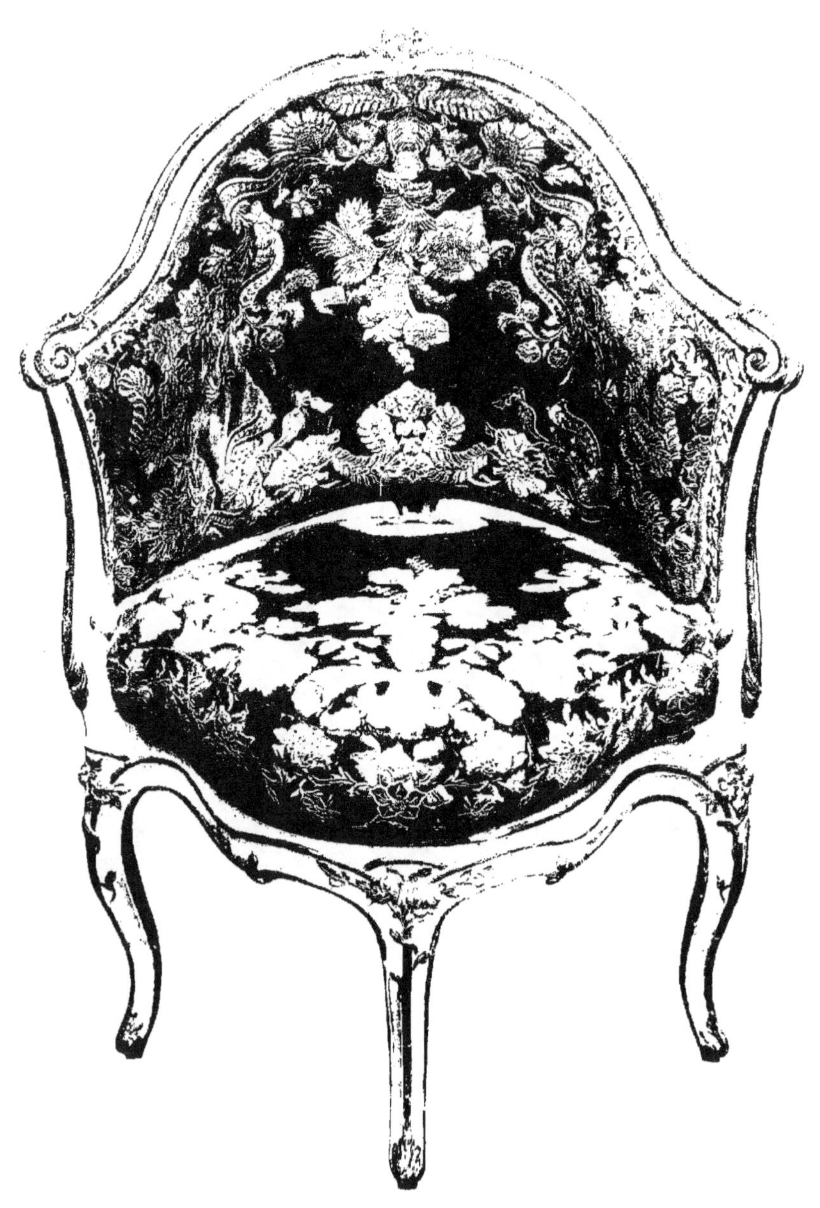

62 — Écran en noyer sculpté, décoré sur toutes ses faces de coquilles, fleurettes, feuilles d'acanthe, etc., dans le goût de Bérain, garni de soie. Louis XIV.

63 — Fauteuil de bureau en bois sculpté laqué et doré à motifs de rocailles et de fleurs. La garniture en velours vert brodé d'argent doré, ainsi que le bois portent plusieurs marques d'inventaires et d'un garde-meuble royal. (*Très belle pièce.*) Louis XV.

64 — Petite console de coin en bois sculpté doré, à un seul pied cambré. Ornements de rocailles. Dessus de marbre de couleur. Louis XV.

65 — Paire de petites consoles arrondies en bois sculpté laqué gris. Ceinture à canaux d'où retombent des guirlandes de fleurs ; pieds courbes en consoles ornés de culots de feuilles de laurier reliés par un entrejambes sur lequel repose un vase orné de guirlandes. Dessus de marbre. Louis XVI.

Haut., 79 cent. ; larg., 82 cent.; prof., 36 cent.

66 — Lit en bois sculpté. Le ciel, de forme contournée, supporté par des montants prolongeant les pieds. Motifs rocaille et fleurs. Louis XV.

Larg., 1 m. 25 cent.

67 — Six chaises carrées en bois sculpté de rubans enroulés, laquées. Garniture de velours frappé jaune. Louis XVI.

68 — Deux chaises en bois sculpté laqué et doré. Louis XVI.

69 — Deux tabourets en X en bois doré, sculptés de rais-de-cœur, entrelacs, etc... Garniture de soie brochée. Louis XVI.

70 — Deux fauteuils carrés en bois sculpté d'entrelacs, écoinçons d'acanthe, culots enfilés, etc. Louis XVI.

71 — Deux bois de fauteuils carrés en bois sculpté redoré, à rais-de-cœur, perles, etc. Louis XVI.

72 — Six fauteuils et un canapé en bois sculpté et doré, de forme carrée, à décor d'entrelacs, piastres, etc... Louis XVI.

73 — Glace de cheminée, cadre en bois sculpté et doré, à motifs de baguettes enrubannées et de feuilles de lierre. Louis XV.

Haut., 2 m. 35 cent.; larg., 1 m. 05 cent.

74 — Chaise en bois sculpté et laqué; le siège de forme ronde, le dossier ajouré. Louis XVI.

75 — Cheminée en bois sculpté, forme mouvementée, ornée de fleurettes en creux. Louis XV.

76 — Autre cheminée en bois sculpté, de forme analogue à la précédente. Louis XV.

77 — Lot de cadres en bois sculpté et doré.

78 — Objets omis.

www.ingramcontent.com/pod-product-compliance
Lightning Source LLC
LaVergne TN
LVHW011408170726
843501LV00006B/2074